非人學生與厭世教師

人間老師，可以教我們何謂人類嗎……？

1

来栖夏芽 插畫 泉彩

MISANTHROPIC TEACHER IN DEMI-HUMAN CLASSROOM.

Kadokawa
Fantastic Novels

人間 零
羽根田 帷
尾尾守 一咲
水月 鏡花
右左美 彗
CHARACTER

校長
早乙女 雪
星野 悟

非人少女們的暑假
「真是的！
帷同學
妳很大膽喔～！」
「啊哈哈！
鏡花濕身真的特別美耶！」

企盼已久的夏天來了！
藍天！白雲！光說不練的我！
學生們在玩水，我卻只是在塑膠墊上，
用自己的包包當枕頭，
躺在一邊懶懶地看著。

「……唔！右左美就是不喜歡妳這種態度啦！」

非人少女的自尊
「我並不需要任何幫助。」

TOBARI HANEDA
REI HITOMA
SUI USAMI
ISAKI OOGAMI

非人學生與厭世教師

人間老師，可以教我們何謂人類嗎……？

①

来栖夏芽

插畫

泉彩

MISANTHROPIC TEACHER IN DEMI-HUMAN CLASSROOM.

Kadokawa Fantastic Novels

我討厭「人類」。

自私自利，不管他人死活。
方便當隨便，老實過活卻被當傻子。
——對，我就曾是那個傻子。
反正憑我一己之力根本改變不了什麼。
再努力也沒用。
實在很討厭——
「老師？你怎麼突然發呆呀？」
有點低沉的少女嗓音使我回神。
這裡是學校教室，我從講台上望著學生。
白色的牆加上深褐色的柱子，是間復古的優美教室。
而在自己的眼前，有四個長了獸耳或翅膀的女孩子——
「帷同學！老師是第一天上課，一定是累了！」
「咦～？是這樣嗎？我看是在想一些沒營養的事吧～？」

「右左美也這麼覺得。那個表情就是在想不正經的事。」
「各、各位，這樣說老師有點……啊嗚嗚……」
看著她們妳一言我一語，我的心也搔癢難耐。

「……那個……老師？」
「你在傻笑什麼？」
「啊，沒事。不好意思，請別在意。」
我趕緊藏起不禁笑開的臉。
「啊～多半是我們太可愛，害老師看入迷了吧～？」
「哎呀！不過，我也懂這種心情！帷同學藍藍的眼睛、右左美同學長長的耳朵，和一咲同學毛茸茸的尾巴，我都覺得很可愛喔！當然，可愛的不只有那裡而已！」
「啊哇哇……尾巴……謝謝妳的誇獎……！」

——這樣的光景，簡直就像轉生到異世界一樣。

她們並非人類。
卻比任何人都憧憬人類。

這就是我在教師生活中所見到——
非人之物歌頌人類的故事。

MISANTHROPIC TEACHER
IN DEMI-HUMAN CLASSROO

CONTENTS

序曲

「好啊！十八殺！有機會有機會有機會有機會！」

終於破自己紀錄了嗎——！

「唔喔喔喔喔喔喔喔喔喔！」

「這麼晚了不要鬼吼鬼叫！會吵到鄰居是聽不懂喔！」

「哇啊啊啊啊啊啊啊啊！」

老媽「磅」地一聲開門罵人，嚇得我手一滑把遊戲手把摔在地上——隨後，螢幕無情映出「全滅」二字。

「哇啊啊啊……只差一點點了耶……」

「說什麼傻話。不要只是打電動，之前叫你趕快找新的工作，找得怎麼樣了？」

又在說這個……

我不耐煩地將手把放在桌上。

「呃，這兩天再找找看……」

「又是這兩天……講到現在都兩年了耶……」

聽不下去的老媽依照慣例長嘆一聲。

兩年前我還在學校教書。從教育大學畢業，便直接進入東京某高中任教，當了四年教師。

——直到那件事發生為止。

「啊，對了對了。今天三津子打電話來。」

當我的思緒回到過去，老媽突然說起自己的事。三津子是她妹妹，也就是我的阿姨。

「還記得你那個表妹小夏嗎？人家現在是在那個叫玻利維亞的國家，穿斑馬裝指揮交通耶！」

「咦～這麼厲害……呃，那是什麼狀況！」

那個乖巧文靜的小夏？啊？這是怎樣，搞笑嗎？表妹令人啼笑皆非的變化害我忍不住吐槽。

「呵呵，斑馬那麼可愛，大家都會乖乖聽她指揮吧——對了對了，我想說的是，這個世界職業百百種，行行出狀元。你不怕以後喝西北風嗎？有在找工作嗎？」

「呃，馬馬虎虎啦……」

騙人的，其實完全沒在找。

「我說小零，爸爸明年就退休了。要是你還不工作，經濟會出問題耶。已經不想當老師了嗎？」

妳兒子都快三十歲了，差不多該把那個「小」字拿掉了吧？

「老師啊……」

老實說，當時的我一點也不討厭教師這個職業。

自己還滿喜歡看學生茁壯成長的樣子。

「我也知道老是唸你這個，你也會不開心……總之呢……知道媽媽是真的很擔心就好。」

老媽留下這句話就離開房間了。

貼心的話反而令人內咎。

就是啊。獨生子整天在家打電動，誰不會擔心呢……

每次老媽從我房間出去都顯得有些悲傷。我也想讓她安心，可是膽小的自己實在還沒有踏出下一步的勇氣。

老媽也知道我兩年前總是拖著殘破身心回家——飯吃不了幾口，最愛的電動也不碰，每天回家就只是沒電了似的躺著。睡也總是沒多久就醒，難以消除疲勞。如此翻來覆去熬過一夜，天亮了我就怨恨著刺眼的朝陽，硬是把能量飲料灌下肚就去上班。

——現在能夠正常吃飯，電動也玩得很開心。只有睡眠還是有點問題，但無所謂，已經比當時健康多了。

「找新工作啊……這個嘛……」

我用眼前的個人電腦開啟徵才網站。

「跑業務的工作……絕對不想做……其實要面對客人的我都不行吧……」

成為飛特族後，徵才網站我都是偶爾反覆點開又關掉。

每次點開都會把幾個職缺儲存起來，但從沒應徵過。

反覆至今。

工作的意義是什麼呢？

充實！成長！成就！

徵才網站上滿滿都是這種字眼，沒完沒了。

「啊～有沒有工作能治療受傷的心呢……」

好，今天隨便存幾個海邊或山上的職缺就去睡覺吧！

我開始滑動頁面，瀏覽搜尋結果。

——就在這時。

『私立女子高中徵求教職員！想在山林中的清幽空間撫癒下任教嗎？』

——是學校。

我著了魔似的，不禁點選詳細介紹。

『高級中學【社會、國語、美術、家政】科教師。正式職員【科任全職】。月薪五十至八十五萬日圓。獎金每年兩次，每次六個月（實績制）。社會保險全包。校地內附設教職員宿舍與天然溫泉。春季能賞花，秋季還可以採松茸！我們職場的自然資源就是這麼豐富！歡迎喜愛奇幻世界的你！愈像人愈歡迎！本校校風端正，尊重個人自主！期待「將學生擺第一的教師」蒞臨♪想和學生一起成長嗎？來這裡就對了！恭候各位應徵！』

嗚哇～～～～～～～～～～～～～

超、超可疑的啦～～～～～

職缺資訊可疑得讓我冷笑著往下滑動校園簡介，結果看著看著，心底卻不由得湧出了懷舊之情。

在兩年前結束的教師生涯雖然成了段痛苦的回憶，但也有過不少快樂的事。

校園介紹照片裡，柔和的葉隙流光點點灑落在林中學校，好像能讓我忘卻所有煩憂。

期待「將學生擺第一的教師」啊……

這種徵才辭令其實很常見。

可是不知為何，這老套的話語反而射穿了我的心。

現在的我或許是精神狀況出了問題。

一定是這樣沒錯。

我一定是被這怪怪的徵才廣告沖昏頭了。

不然還會是怎樣。

——一回神，我已經按下應徵鍵。

＊＊＊

私立不知火高中。

刊出那則怪異徵才廣告的高中就是這名字。

寫作「不知火」讀作「Shiranui」。學校簡介上提到，那是理事長的姓氏。

自從我不小心按下應徵，書面審核、學科測驗、模擬授課、面試等錄用審核程序循次而進地進行。

最後——

「小零！你真的有在找工作啊！媽媽今天開信箱的時候，真的嚇了一大跳耶！你看！『內含錄取通知書』！私立……什麼高中？Fushibi？反正就是高中喔！高中……嗚嗚……你的努力有回報了……」

——想不到我真的被不知火高中錄取了。

第一天上班是四月一日。
審核全是遠端進行，在這之前沒去過學校。
要搭電車再轉公車，全程約一個半小時。

「……真的假的？」

下車公車站所在位置的緣意，實在超乎我的想像。甚至不像有建築物，就連像樣的步道都看不見。
我在公車上確認過好幾次最近的公車站站名，就是這裡沒錯……應該吧。
我打開學校寄來的資料袋，想從整趟車程都在看的資料裡找出地圖。
——突然看見裡頭有個橘色的小信封。
這什麼東西？
原本有這個信封嗎？
摸一摸發現內有硬物，便打開把裡面的東西拿出來看。
信封裡裝的是一枚內側鑲了紅色玉石的銀色小戒指，和一張像是字條的紙。

『人間零先生，前往敝校時請務必於左手小指配戴此戒指。』

「啊……？」

我不太懂這有什麼用意，也覺得有點沒必要，但仍老實戴上戒指。戒指尺寸與我的左手小指正好吻合。

接下來才從資料袋抽出要找的地圖。

根據這張地圖，公車站旁就有路通往學校。稍微前進就會看見一棵作為標誌的大櫻花樹。

公車站旁有路？我怎麼都沒——

——真的有。

一抬頭，立刻看到眼前有條約兩公尺寬的路。

吹著清涼的風，深處也看得見櫻花樹。

怎麼會這樣？拿地圖出來之前完全沒注意到。

雖然沒鋪柏油，好歹乾淨寬敞，應該不會漏看才對啊——

——好吧，一定是被森林嚇到才會一時不察。不習慣通勤和許久沒外出可能也讓我累了。

在森林裡走了一會兒，學校漸漸現身。

如地圖所示，校地明明很廣，校舍卻是嬌小玲瓏。根據寄來的資料，學生也很少。

直到走近，我才注意到看似校舍正門處有個年約三十五歲，身材高瘦並戴了眼鏡的男子。

會是現任教師嗎？他正駝背看書，脖子壓得好低。

仔細觀察到一半，我們的眼睛「啪」地一下對上了。

「啊，你是人間老師……沒錯吧？」

「哇啊！那個，幸會！我是人間零沒錯，從今天開始要在這裡請各位照顧了！」

高瘦男子對話說得有點岔氣的我露出親切的微笑。

「嗯，有聽說今天有新的社會老師要來。歡迎來到不知火高中，我是星野悟，負責數學課……不需要這麼緊繃啦。我們學校有點不一樣，可能有很多事要適應，有哪裡不懂就來問我吧。放輕鬆，不要太拘謹。我以後會負責指導你，校長也要我今天帶你熟悉環境。」

「啊，原來是這樣。謝謝你。」

我從星野老師手中接過客用拖鞋穿上，從正門進入校舍。

校舍是以深褐色與白色為主的建築，各個角落都有些裝飾，整體風格有點奇幻作品的感覺。和徵才網站與介紹資料裡的照片一模一樣。

怪了，在介紹裡怎麼沒看到這個？

那是許許多多的小瓶子。

它們閃閃發光，把一踏進正門的空間擠得密密麻麻。

「——這些瓶子很漂亮吧？」

星野老師察覺我的視線而開口。

「啊，不好意思。這些瓶子有什麼意義嗎？」

「嗯～算是這所學校的特色吧。」

「特色？」

星野老師的回答令人摸不著頭腦。是我理解能力太差還是介紹裡有寫，我卻漏看了嗎？既然他說是特色，應該會有印象才對……

大概是疑問都寫在臉上了，星野老師尷尬地搔搔臉頰說：

「那個，有點說來話長啦。如果我現在解釋，可能反而會造成你的混亂。抱歉喔。」

「啊！別這樣說！不好意思！」

不曉得是怎樣，總之現在似乎還不需要知道。之後他會告訴我嗎？

「來，這裡就是教職員辦公室。」

星野老師的聲音將忘我地思考這所學校的我拉了回來。

教職員辦公室在二樓，從正門上樓就能看到。

我在星野老師的促請下開了門。

「打擾了……」

接著往裡頭四處窺探，見到一名年輕美麗，將長長白髮披散在背後的女性。她穿著休閒又不失禮貌的服裝，最外面是一件大白袍。

「啊！星野老師～！這位該不會就是學校新錄取的老師吧！」

在辦公桌處理文件的她，一注意到我和星野老師就停下手邊工作，像小動物一樣接近。

唔……好、好可愛啊！

「妳、妳好，我是人間零，從今天開始要來這邊叨擾了。還請多多指教。」

「你好！我是早乙女雪，負責教理化！學生都叫我小雪老師，可以的話也請你這樣叫我喔！」

小雪——早乙女老師笑得很燦爛，還得意地挺起胸膛。

眼前這位早乙女老師，實在美得讓人懷疑她不是人類。大眼睛水潤晶亮，長髮飄逸有光澤，身材又苗條有致，再加上那銀鈴般的甜美嗓音。

「呃，人間老師的座位在那裡。窗邊角落那個。包包很重的樣子，先放下來吧。」

星野老師指向邊緣的辦公桌。

我向他道謝，並對早乙女老師簡單致謝後就往那個位置走去。

「啊，人間老師，請先等一下。」

「哇！」

穿過早乙女老師身邊時，她冷不防揪住了我的西裝衣襬。

那張漂亮臉蛋還一下子湊了過來。

「咿！怎、怎麼了嗎！」

「……不好意思！能請你暫時不要動嗎？」

早乙女老師抬眼盯著我，慢慢接近。剎那間，一股香氣撲鼻而來。那是洗髮精的味道，還是她本身就這麼香？接著，她輕輕地碰觸了暈頭轉向的我的臉頰。她的手比想像中還要冰涼。

「那那那那那、那個！早乙女老師……唔！」

就在我受不了她貼那麼近，準備落荒而逃時——

「——好耶，拿掉了！」

教職員辦公室響起早乙女老師的歡呼，她的指尖捏著一根細小的毛髮。

「人間老師！有一根睫毛黏在你臉頰上喔！」

睫、睫毛？用說的就好了吧！

「啊，那個，謝謝妳喔，早乙女老師！真不好意思……！」

我趕緊取出包包裡的面紙遞給她。

「……話說，雪老師，這樣做恐怕不太妥當喔。」

在一旁目睹整段經過的星野老師加重語氣要求她注意行為。

「唔啊，星野老師……對不起，看到就忍不住……」

「算了算了，以後要注意一點喔？」

星野老師嘆著氣這麼說之後，在剛才告訴我的座位旁坐下。

我也坐到自己的位置，環視辦公室。

——好久沒見到這樣的景象了。

教職員辦公室中有個自己的位置。一股懷念油然而生。

「人間老師，校長正在等你。東西放好就去打聲招呼吧。」

星野老師指著辦公室裡面的門說道。

「謝謝你。」

我對星野老師簡單致謝就前往校長室。

校長啊……

與校長面試是線上進行，這是第一次實際見面。

記得他滿高的，身穿穩重的高級西裝……然後反光的單邊眼鏡令人印象深刻。在我所知的世界裡，只有偵探漫畫或小說裡看得到單邊眼鏡，我當時還忍不住想：「現實中真的有人在用啊……」

在門上敲了兩下，裡頭便傳出男性的聲音請我進門。

「——打擾了。」

我慢慢打開校長室的門。

房裡有不少感覺頗為高級的擺設。

校長背對門口，站在窗邊。

他的身材和我面試時的記憶一樣瘦長，不輸給星野老師。

穿的是深灰色西裝，背著手望向窗外。

「校長您好。由於我們是網路面試之後第一次實際見面，請讓我重新介紹一次。今後要麻煩您照顧了，我是社會老師人間零。還請您多多指教。」

我照本宣科地鞠躬報到。

校長卻毫無反應，是沒聽見嗎？

「校長您好！今後要麻煩您照顧了！我是社會老師人間零！還請您多多指教！」

我加大音量再說一次，但還是沒反應。該不會只是具屍體吧？校長依然望著窗外動也不動。

於是我鼓起勇氣走上前去。

「那個，校長……如果我做了什麼無禮的事，先在這裡向您道歉。不好意思，為了讓我不要再犯，能麻煩您指點我是哪裡不能接受嗎——呃，哇！」

我說話的對象，真的只是具屍體。

喔不，不對。這是——

「——蠟、蠟像？」

「恭喜你答對了捏～～～～～～～～～～～～～！」

「噠哇啊啊啊啊啊啊啊啊啊啊啊啊啊啊啊！」

剎那間，背後的門板後面有個圓滾滾的東西蹦了出來。

嚇得我當場踩空，一屁股摔在地上。

發生什麼事了！應該說——這誰？

蹦出來的圓滾滾物體，原來是個身上裝飾頗多的矮小阿伯。

——啊！難道這個人就是理事長？

我還不曉得理事長的長相。校園簡介裡只提到姓氏，面試時他又不在，當時所有對話都是由校長代為包辦。

眼前這位阿伯胖嘟嘟的，身穿黃色格紋西裝，頭上戴了頂小帽子。像是天然捲的頭髮和鬍鬚輕飄飄地晃動，金框單邊眼鏡在又小又圓的眼睛前發亮。還有肩膀上那個是小小的——鳥嗎？

矮小的阿伯露出友善的笑容對著跌坐在地上的我伸出手。

「歡迎啊，人間小弟♪面試以後第一次見捏！我是『校長』烏丸捏！」

「最好是啦——！」

他和我見過的校長完全是兩個人。

「不然那個蠟像是什麼東西！給我面試的那個深沉高瘦的校長到哪去了！跟我眼前這個你根本完全相反嘛！這是什麼整人大爆笑嗎！」

聽了無法理解狀況的我這麼說，「自稱」校長的人落寞地放下伸出的手。

「嗯嗯～把我當成怪人也是理所當然捏。」

校長轉過身去，走向校長室中央的會客椅。

「就先從面試時『我的外表』說起捏。人間小弟，坐到這椅子上來捏。」

我搖搖晃晃地站起來，照他的意思坐到他對面的會客椅上。是張感覺很高級的皮椅。

接著這位「自稱」校長的人神情肅穆地開口說道：

「其實——面試時的我，是我的偽裝捏。」

「喔……」

「適合這所學校的人類，會在面試時因為我的『幻術』而看到高挑的帥大叔捏。所以看得到那個樣子，就表示你和這所學校的『結界』合得來捏。」

——啥？

幻術？結界？

奇幻小說看太多嗎？

「不曉得你還記不記得，面試剛開始，我都問些自己的外表的問題捏？」

——我還記得。

都是關於校長的西裝顏色和外觀的閒聊。當時，還以為是為了替我舒緩緊張——

「其實問過那些以後，就已經決定是否錄取了捏。」

「……那樣就決定了嗎？」

「啊，當然是看過模擬授課和筆記內容才下的判斷捏！」

靠容不容易中幻術來決定錄取？

——不不不，光是幻術就有問題了。

「好了！我先來解釋為何幻術與是否錄取有關捏！答案就是——這所學校！居然是『專門教育特殊學生的學校』捏～～～～！」

「特殊學生……？」

「沒錯。一言以蔽之——這些學生都『不是人類』捏。」

——不是人類。

是我聽錯了嗎？

「那、個……不好意思，不是人類是什麼意思？」

困惑之中，我仍嘗試對話。

難道接下來會有超扯的奇幻風劇情等著我嗎？

「——人魚、鳥、龍、貓熊、狗、貓——這些種族的孩子們，會抱著各自的目的來到本校，以求成為人類捏。」

……真的變成超扯的奇幻風劇情了。

人魚、鳥、龍……？

「那接下來呢，我就來詳細介紹真正的不知火高中，還有你的待遇捏。」

＊＊＊

在那之後，校長一說就花了大約一個小時，內容整理如下：

●關於學校

・這所學校的學生都不是人類。

・學生們各有各的目的，成為人類是達成目的的手段，故來此就讀。

・課程主要分為「一般教養」、「人性、人化程度」與「社會化、社交性」三大類。

・「一般教養」包含進入人類社會所需的必要常識及學力等，以考試分數評估。

・「人性、人化程度」是透過「行為舉止」、「情緒與思想」等層面的人化評估，類似操行分數。做了有違常人或違規的事，就會遭到校方——教師扣分。

・「社會化、社交性」即團體生活能力，與他人交流、協調等應對能力，能否為他人著想，予以尊重的能力，也就是評估人際關係的適應力。評分方法較為特殊，是以學生之間投票為準。

・「人性、人化程度」與「社會化、社交性」隨時可以加減分與投票，正門處的小瓶子即是評分表兼票箱（好像就是跟星野老師看到的那些）。

●關於我的待遇

・契約先訂三年，屆時再考慮是否續約。

・獎金視考績而定。最多六個月，每年兩次。

・契約期滿或續約時，另有十二個月的期滿獎金。

・若期滿後決定不續約，校方會利用其管道，在儘可能滿足我需求的狀況下，代為尋找其他學校的職缺。

・解約時無論原因為何，都會把關於這所學校的記憶，替換成在其他普通學校任教的假記憶。

再考慮到底薪與各種津貼，這裡待遇不只是好，甚至高出那則可疑的徵才廣告，反而值得高興……但我還是不敢相信。

學生不是人類究竟是什麼意思啊。

到底有多少是事實呢……

這時，校長緩緩地站起來——

「人間小弟，所謂百聞不如一見捏！不～～如就去學生宿舍散個步捏！」

「咦，現在嗎！」

「就是現在捏！要進去是不太容易，不過從外面參觀就沒問題了捏！」

……疑問都寫在臉上了啊。

就這樣，我被校長帶去學生宿舍參觀了。

＊＊＊

學生宿舍位在主校舍西側樹林另一邊。

我一步步跟著校長慢慢走。

「看好嘍，人間小弟。學生宿舍就快到了捏。」

林道豁然開朗，遠處傳來女孩子的嬉笑聲。

是學生宿舍沒錯。

風格與剛才的校舍類似。

「啊～！校長好！好久不見了～！那位是您之前說的新老師嗎～？」

我往聲音方向抬起頭，樓頂上有個略顯福態的女性在晒床單，還有幾個嬌小的人影。

「就是他沒錯捏！這位是新老師人間小弟捏！」

「咦～？所以是人間老師嘍！你好～！我是東雲寮子，負責照顧這間宿舍的學生！要記得我是舍監寮子喔～！」

「啊！我是人間零！請多指教！」

不曉得有多久沒在戶外叫得這麼大聲了。舍監寮子阿姨用力揮手之後，又回去跟看似學生的嬌小人影們一起晒床單。

那些嬌小人影有的長了兔子般的長耳，有的有長長的尾巴……

腦中雖閃過角色扮演四個字，但遠遠就看得出來——

——那是真的。

學生真的不是人類啊……

不是人類……

目睹了這樣的事實，不知為何我的肩膀整個放鬆下來。

「那麼人間小弟，我們回校長室捏。」

我又跟隨校長沿著來時路回去。身體有在動，腦袋卻追不上。

「——這樣你相信了嗎？」

校長問我。

我不知該如何回答，看著校長沉默不語。

而校長的視線落在我手上，說道：

「人間小弟，你的戒指還戴在手上捏。」

戒指?喔，學校資料袋裡的那枚戒指啊。

「那是用理事長的寶玉做的特製戒指捏。」

「特製戒指……?」

「這所學校不能讓普通人類看見捏！所以在公車站旁邊的路上施加了阻礙認知的幻術捏！而且理事長還設了結界，一直涵蓋到櫻花樹那邊捏——那枚戒指擁有能抵擋幻術的力量，讓你等於是進入了結界捏。」

阻礙認知的幻術和結界……

原來如此。之前在公車站沒看到通往學校的路，就是因為幻術啊……

——忽然間，我有個疑問。

「在這裡拔下戒指會怎麼樣?會被趕出結界之類的嗎……?」

「不、不會有那麼危險的事捏！」

校長原本就很圓的眼睛睜得更圓了。

「在結界裡拔掉戒指，你也不會怎麼樣捏。要離開結界也是可以出去捏。可是，在沒戴戒指的狀態下離開結界，或是在結界外拔下戒指就會出事捏。」

「出事是指……?」

「總之，你會失去對這所學校的記憶捏。」

「失去記憶……!」

太恐怖了吧……!

怎麼會這樣，比想像中還要誇張。

「就是這樣揑。在外面拔下戒指會失去這所學校的記憶，然後竄改成假的記憶揑。所以無論如何都請你戴在手上揑！可是天有不測風雲揑！到時只要碰觸戒指，學校的記憶就會恢復，不用太害怕揑！」

「原來如此……」

我注視起戴在指頭上的戒指。男人戴戒指……頂多就婚戒吧。原本還想拔掉，既然這麼重要就絕對不拔了。

「——再來就是，學生的課外教學也會用到這枚戒指揑。」

「課外教學？」

「沒錯揑。這所學校的學生是因為理事長結界的力量才會變成一半人類的樣子揑。原本都是貓狗、龍這些非人的外表揑。所以，學生離開結界就會變回原本的樣子揑……不過不過！只要戴著這枚戒指！就能跟在學校裡一樣，用半人的樣子到結界外面去了揑！」

原來如此——也就是學生是因為理事長的力量才會變成那個樣子。

這位理事長究竟是何方神聖……

「——就這樣，學校的介紹到此為止揑！」

走在幾步前方的校長轉向我說道。我們說著說著又回到了校舍正門。

「人間零小弟，我要再次確定你的意願揑。這所學校跟所謂的『普通學校』不一樣揑。學生是基於某種理由而想成為人類，我們則要努力幫助她們揑。所以你的負擔說不定會比普通學校還要大揑。」

突然間，校長神情不變。

「儘管如此，你還是願意在這所學校教書嗎？」

……的確。我對這所學校還有很多不懂的地方。

負擔也一定會比待在所謂的普通學校大吧。

可是，既然都來到這裡了。

找其他工作很麻煩，況且這樣有點異世界轉生的感覺，不是很有意思嗎？

再說薪資真的不錯。那麼──

「──我願意。請多指教。」

校長注視著我，溫柔地微笑。

不知何處吹來的春風，送來櫻花的芬芳。

枝椏隨風搖擺，將葉隙間的柔和陽光也照到我身上。

我的嶄新日常就要從這裡開始。

——這不是異世界，也不是轉生。
只是一介平凡教師在有點奇特的學校任職的故事。

非人學生與厭世教師

人間老師，可以教我們何謂人類嗎……？

厭世教師與邂逅的教室

MISANTHROPIC TEACHER IN DEMI-HUMAN CLASSROOM.

從四月一日開始上班到今天開學典禮，我一直是手忙腳亂。

沒想到，自己連班導師都一併扛下來了……！

星野老師和早乙女老師大概是看我忙不過來，還幫我處理一些文件，請我品嘗美味的咖啡或餅乾，在精神層面幫了大忙——或許這是種養套殺，但自己還不曾在職場上受過這樣的體恤。

就這樣忙著忙著，我在四月三日過完生日，來到了二字頭最後一年……

——那麼以下，是我所記下的校事細節。

首先這所學校沒有學年概念，因為不是到一定年數就能畢業。

這裡是以嫻熟度分為「初級」、「中級」、「高級」三班。

晉級與畢業另有條件，學年度到了最後會有特別課題並須接受年度評鑑。

評鑑達標即可晉級或畢業。

有些學生會因為年末評鑑無法達標而長期留級或中途退學，因此愈晉級人數愈少。

——畢業。

這所學校的畢業，指的是離開學校成為人類並進入人類社會生活。學生將就此以一名人類的身分，往各自目標邁進。

將由我指導的班級，即是畢業前一步的「高級班」，學生有四人。

今天是新學期第一天，我將與班上學生首度見面。

雖然事前有給我學生資料，但想到實際面對面……

「啊啊啊……胃好痛……」

「人間老師！你還好嗎？」

「哇！早乙女老師！我我我沒事！」

「啊，我突然出聲嚇到你了吧！對不起喔！如果沒記錯，你年紀比我大對不對？不過你還是我第一個後輩，一時太高興就忍不住一直想跟你說話了～！」

早乙女老師的笑容讓我胸口縮得好像比胃還痛了……

「——啊，學生差不多要來上學了。」

早乙女老師望著窗外微笑。她的視線另一頭有幾個學生往正門走來。

這所學校沒有統一制服，學生基本上都是穿自己喜歡的校服上學。有人穿像水手服的衣服，有的穿了學生西裝外套……雖然沒有統一感，卻突顯出了學生自己的個性。說個完全是教師角度的優點——這樣也方便記住學生。

「那麼人間老師，我們該去體育館嘍！」

「啊，好。」

開學典禮——可能因為這所學校人數不多，入學和開學典禮是一起舉辦。

我在腦中反覆默唸自己準備的自我介紹。

——沒問題。不用緊張。

＊＊＊

「人間老師，辛苦啦！」

「哎呀～你表現得不錯喔～」

令人緊張的開學典禮結束後，我們回到教職員辦公室。

「是、是兩位不嫌棄啦。我只是挑些安全的來說而已……」

「說～這什麼話！就是這樣才好啊！」

「對呀對呀。只要不像校長那樣，每次致詞都用一堆棒球術語就很好了。」

「每次？」

「就是啊！記得前一次畢業典禮，他還拿『牽制球』出來說，這次是『捕手飛球』呢。」

「誰教校長是個棒球迷呢……」

「我明明對棒球一竅不通，棒球術語卻記得愈來愈多喔！對了！人間老師有什麼嗜好嗎？」

「啊，這個嘛，多少有玩點遊戲……」

糟糕，突然問嗜好害我實話實說了。

「哇～！遊戲啊！我也有很拿手的遊戲喔！」

「咦！請問是什麼遊戲？」

真想不到……！

我佯裝鎮定，內心澎湃不已。

「我最會玩花牌喔！」

好復古啊，太可愛啦！

呃……花牌……花牌啊……我只在過年期間陪親戚玩兩把，只會點皮毛。

「雪老師的花牌很厲害喔，有機會一起玩玩看吧。」

「啊，沒問題。」

「哼哼！看我把你打得落花流水～！我可不會輸喔！」

「噗～」地嘟嘴的早乙女老師也好可愛。

在我被早乙女老師的可愛治癒時，鄰座的星野老師想起什麼似的說道：

「對了，人間老師，你之前說自己不是第一次接班導，那之前的學校是什麼樣子？」

我彷彿聽見血液倒流的聲音。

——之前的學校。

有團黑影在我心中擴散。

不是星野老師的錯，是我自己不好，到現在都還沒釋懷。

「之前的……學校……」

言詞組織不起來。

糟了，如果不說話，氣氛會變得很尷尬，也可能害他們替我操心。

「之前的，學校……那個，不是這種，私立高中……只是很常見的，公立……高中……」

——沒事的。不要緊張。

「學生人數……一個學年，有兩百多個。」

——都已經是過去的事了。

「我接的班級……」

——明明已經是過去的事了。

我說到這裡便接不下去。

「……？人間老師？啊～你該不會是忘了以前班級的事了吧～？」

我沒忘。應該說想忘也忘不了。

不過，早乙女老師傻呼呼的聲音倒是稍微救了我。

「啊……哈哈哈！說不定真的是這樣！哎呀，最近很容易想不起以前的事耶！」

「呵呵！我了解！我有時候也想不起前天晚餐吃了什麼呢！啊，可是星野老師好像不會這樣呢！」

「咦？沒有啊，我也有想不起來的時候喔。」

「這樣喔？你頭腦那麼好耶！」

「話說星野老師跟早乙女老師，你們在這裡服務很久了嗎？」

「對！我剛畢業就來了！」

「我算是轉換跑道吧。」

咦，星野老師是轉換跑道啊……跟我一樣。

「星野老師前一份工作也是教師嗎？」

「啊～我嘛……」

「人間老師！星野老師很厲害喔～！他是哈佛大學第一名畢業，之前是很厲害的研究員！」

——啊？

哈……佛？第一名……？

「沒有沒有！妳搞錯了！抱歉喔，人間老師，我沒有那麼厲害！雪老師，我之前就說過了吧！我是第一名畢業沒錯，但那是美國的其他大學，不是哈佛啦！」

「奇怪，我記錯了嗎？對不起喔，我語文程度不好……」

「應該不是這種問題吧……算了，先不管大學的事。我之前只是個研究員，主要是作基因方面的研究。」

「基因……？」

等等……這麼說來……

「難道你是想在這所奇妙的學校裡研究學生們的基因……？」

「不是不是不是！不是這樣！我不會做那麼恐怖的事！我的專業是植物！因為想沖出美味的咖啡，所以就從咖啡豆基因開始研究了。」

「這樣啊……對不起，隨便誤會你。」

「沒事沒事。如果可以，再讓我沖咖啡給你喝吧。只要來數學準備室找我，隨時都能請你喝。」

「謝謝你。」

能再喝到那種極品咖啡真是令人開心。

「那麼，我們也該去教室嘍。」

星野老師這句話使我緊張得繃直背脊。

「好……！」

——終於到了這一刻。

我是高級班導師，星野老師則是中級班導師，早乙女老師卻沒有導師身分。

撇開既有教師，直接讓新來的我當導師這件事雖然曾讓自己又驚又疑，但這似乎是理事長的安排。

除此之外，校方什麼都沒告訴我。

學生資料簿明明只有幾張紙，拿在手上卻比外觀沉重許多。

好了，接下來才是真正的開始。

＊＊＊

——好。

我站在門前輕輕深呼吸。

保險起見，我再次翻閱學生資料。都看了那麼多次，應該記得住學生的長相和名字才對。

不要緊的。

我將手扶上教室門把，咬牙拉開新班級的門——

「帷同學，這樣不對喔！索朗民謠要再蹲低一點！」

「咦～？這樣對吧～？」

「太天真了！索朗民謠是北海道漁民捕鯡魚時唱的民謠！那種姿勢無法出力！舞蹈這種肢體語言，就是要了解每個動作的意義，用全身表達出來才行喔！」

——有幾名少女在眼前跳著索朗民謠。

我可能有點語無倫次，但自己也不曉得發生了什麼事。

聽說學校特殊所以校風自由，然而這也未免太意想不到了。

這些孩子一開學就在做什麼啊……

我想想……那個跳得很投入的藍髮少女是水月鏡花，感覺被迫陪跳的橘髮少女是羽根田帷。

「好！那我們再來一次喔～！」

「不行，班會要開始了。」

我忍不住打斷意猶未盡的藍髮少女，於是藍髮少女——水月鏡花倏地轉過來，端正姿勢表示禮貌並投來滿面笑容。

「老師！不好意思，沒發現您在我背後！初次見面您好！我是水月鏡花！要開班會了對吧！我馬上回座位！」

啊，比想像中還聽話。

水月優雅微笑，踏著端莊的步伐走向自己的座位。

「……一大早就這麼吵。那麼大隻還動來動去，很煩耶。」

「對不起喔，右左美同學。其實我呀，也很喜歡看妳跳舞喔！拜託妳下次再跳給我看！」

「才不要。」

「不要啊……太可惜了……」

剛才不耐煩地把頭撇開的兔子是右左美彗，旁邊耳朵和尾巴都很大的是尾尾守一咲吧。後者看起來就很文靜。

「那個……老師？怎麼了嗎？」

尾尾守對茫然觀察學生的我問道。

「啊，抱歉。」

像這樣近距離親眼目睹，真的有種要被這奇幻空間震懾住的感覺。

一定要記住這都是現實才行。

沒錯，這是工作。

「——我說老師啊，該不會是因為我們不是人類，把你嚇傻了吧？」

羽根田帷像是逮到我畏縮的瞬間，手肘拄著課桌賊笑，並用試探的口吻這麼問道。

「老師，剛剛你在開學典禮上說，之前只有在普通人類的學校教書沒錯吧？該不會現在這麼近看著我們，開始覺得『反感』了吧？」

——突然就開始震撼教育啦。

目光尖銳的羽根田讓原本還和樂融融的教室氣氛頓時緊繃，我的表情也為之僵硬。剛開始還想思考如何解釋，但又覺得思考也沒用，便直接說出頭一個想法。

「——我並不覺得反感。」

「所以？」

羽根田似乎對我的頭一句話不太滿意。

於是我繼續說下去。這種時候不閃不躲會比較好。

「……一開始是很錯愕沒錯。我原先以為這裡是所謂普通人類的高中才來應徵，後來第一天上班聽校長說其實這裡的學生都不是人類，還以為他在開玩笑。」

沒錯，我以往人生中從未見過擁有獸耳、翅膀或鰭的人類。

那只屬於奇幻世界，是純屬虛構，只會在創作物中登場的角色。很悲哀地，我長成了一個枯燥的普通大人。無論是幸或不幸，都明白了所謂的現實。

過去我所生活的世界中，不存在令人心跳加速的非現實。

有的只是純為生存而消耗每一天的現實。

——可是這所學校不同。

「無論是班級還是學年都跟我所知的學校不一樣，課程也不一樣。我不曉得以前的經驗能不能用在這裡，不過——」

若要舉出為何放棄的理由，多少都舉得出來，但是我——

「其實多少有點高興吧。」

「……高興？」

羽根田像是沒想到我會這樣回答而反問。說出這樣的話，我自己也很意外。

——這樣啊，我很高興啊。

「是啊……嗯——我很高興。畢竟在自己過去的常識裡，非人是虛構的產物……所以知道這種人真的存在以後，實在很高興。因為我討厭人類，不太擅長與人類交際……」

其實以前不是這樣——我說不出這句話。

以前我很想多認識一點人、多了解人，想憑自己的力量去克服，最後卻是一場空。

結果，自以為是的我放棄了一切，開始討厭人類。

「那麼，我也趁這個機會冒昧問一下，各位為什麼想成為人類呢？人類世界有很多自私自利，不管他人死活，方便當隨便，老實過活卻被當傻子的事。主動跳進那種地方對妳們有好處嗎？為什麼——」

「——就算這樣，我們還是嚮往人類。」

羽根田打斷了我的話。

「老師啊，你喜歡人類嗎？」

她以彷彿看透了我——卻又隱約帶點哀傷的口吻問道。

那對碧藍的眼睛似乎發出了有所期待的光芒。

她一定很喜歡人類吧。可是我——

「我討厭人類，不過——」

我其實並不想討厭人類。

就只是受了需要討厭人類、遠離人類才能癒合的創傷罷了。

只是這樣而已。

「唉——所以，我逃到這裡來了。」

「嗯～？」

羽根田聽了我的答覆露出輕視的笑容。

「……這個理由還滿自我中心的，不過這樣子的人比較值得相信吧。啊，老師不好意思喔，突然問這些！謝謝你告訴我！」

羽根田戲謔地擠眼吐舌，在面前合掌致歉然後回到自己座位上。她多半是這班級的大姊頭吧。

先前緊繃的氣氛稍微緩和。大概是在某種程度上接納了我……吧？

「——那麼，重新自我介紹一次。我的名字是人間零，二十九歲，教的是社會科。喜歡吃壽司，嗜好是電動。不分類型，新的舊的什麼都玩。開學典禮上也說過，我來這所學校之前曾經在人類的高中執教。現在我要帶的是高級班，聽說妳們能不能成為人類就看這一年了——假如有什麼困難，歡迎來找我談，不用客氣。完畢。」

我在剛才開學典禮說過的致詞上，多加了一些個人資訊。

「還有誰有問題嗎？」

說是這樣說，基本上不會有人真的發問——

「有～！你有女朋友嗎～？」

「羽根田，請不要用這麼老哏的問題在老師傷口上灑鹽。沒有。」

「簡直是給會對學生出手這點插旗……」

「右左美，老師不是蘿莉控。」

「……這或許表示你不會對右左美同學出手，可是如果是水月同學……就有可能呢。」

我可沒漏聽這種傷害名譽的悄悄話。

「尾尾守，別把老師當成罪犯預備軍，沒有那種可能。」

「唔……？一咲，妳剛才該不會是在偷酸右左美吧？」

「啊！沒、沒有啦！我我我我不是那個意思……！」

尾尾守被右左美瞪得愈縮愈小。

……真搞不懂這個班的感情好不好。

「那現在，可以請各位先自我介紹嗎？順序嘛……對了，就從靠走廊的羽根田先來好了。」

「好～我是羽根田帷，種族是鳥，紅頭伯勞。嗜好是音樂鑑賞，只要是音樂什麼都聽。想成為人類的原因是『想演奏音樂』，也想儘量接觸各種樂器——這樣可以嗎？我是參考老師的自我介紹的。」

「可以，謝謝。」

她好像滿習慣自我介紹的耶……

我想起從自我介紹的熟練度，可以看出對方善於溝通還是有溝通障礙。

下個學生開始自我介紹。

「我是右左美彗，兔子。與其把時間花在嗜好上，我寧願更用功並早點成為人類。想成為人類的原因是『想對照顧過我的人類報恩』。」

咦……報恩啊。可見她有過一段關於人類的美好回憶。

看樣子，她不只是個毒舌兔而已。

右左美說完就用「該說的都說了，可以坐下了吧」的態度就座。

接著，下個學生水月面帶優雅微笑爽朗地開口：

「我的名字是水月鏡花！種族是人魚！所以，我真的很喜歡水邊！讓人特別安心～！對了！老師泡過這裡的溫泉了嗎？校地裡面有一座露天溫泉，好像非常有療效的樣子喔～！啊，我的嗜好是鑑賞舞蹈影片！然後對唱歌也有涉獵。想成為人類的原因是『想要跳舞』！很不巧，生為人魚的我沒有人類那樣的雙腿，只有鰭而已，踏不出人類那樣的輕快舞步。得到這雙腳以後——」

「太長了啦。人間，現在不打斷她，她會講一輩子喔。」

「好、好的……」

右左美制止了像機關槍說個不停的水月。看來水月是個熱情友善又十分健談的學生。她的興趣就是如此廣泛吧。

「那麼水月，後面的有機會再說給我聽吧。」

儘管想讓她說到滿意為止，可惜班會時間有限。

「知道了！感謝老師的聆聽！」水月說完微微一笑便坐下。

「那個，呃……再來是……我吧……？」

最後的學生，靠窗邊的尾尾守慢慢站起。

「那個……我是尾尾守一咲。種族是……算是狼。」

「算是？」

「啊，那個，這……有時候……有時候會變成人類……變得不像我自己……」

「咦？」

什麼意思？

「噫！就、就是，我……呃，基本上算是狼……或者說……像是狼人那樣……」

她就像說出不太想說的事一樣，視線搖擺並支支吾吾地說下去。

「想成為人類的原因是……『不想再當狼人這種不上不下的東西』……就這樣！」

尾尾守把話說完就「咚」地一聲坐下了。她像是真的盡了很大的努力，自我介紹完仍舊全身緊繃地瑟瑟發抖。非人裡也有害怕面對人群的人吧。有點過意不去的同時，我很欽佩她即使害怕也做到最後。

——很好。透過自我介紹，我也對學生的個性有了點概念。

大姊頭羽根田、冰冷毒舌右左美、開朗大小姐水月，以及樸實乖巧的尾尾守。

大家都抱著各自的緣由而想成為人類。

想成為人類的學生們，與討厭人類的我。

「那麼接下來這一年，請各位多多指教嘍。」

我要對這些學生傳授人類的一切，也就是文化與素養。
同時，我也要向學生們學習。
學習她們所憧憬的「人類」。

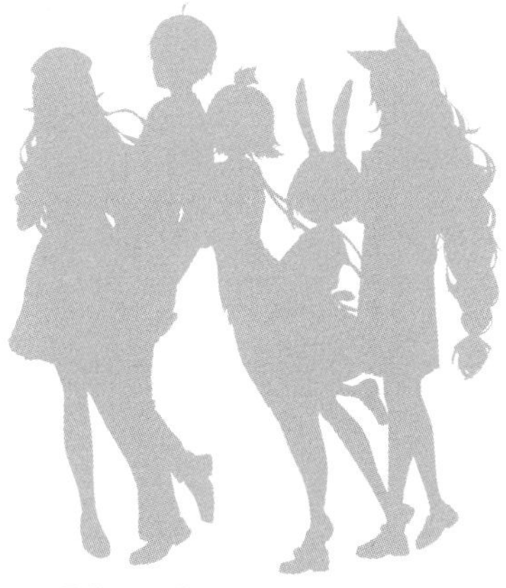

非人學生與
厭世教師

人間老師，可以教我們何謂人類嗎……？

厭世教師與泡沫花冠

MISANTHROPIC TEACHER IN DEMI-HUMAN CLASSROOM.

動機，是一次小小的玩心。

深邃陰暗的海底——

那就是我出生的地方。

我聽說過「人類」。

和我們長得有點像，可是不一樣。

下半身不是尾鰭而是兩隻「腳」。

太難看了吧。

不能在海裡自在游動，真是可憐。

對了，就去親眼看看那個模樣吧。

一般而言，是不允許接近海面的，可是我有那種權力。

好想看看所謂的「人類」。

對，起初只是玩心。

有尾鰭卻哪裡也去不了。

對處處受縛的每一天感到厭倦的我，起了這樣的玩心。

＊＊＊

「好，差不多了吧。」

我在朝陽斜照的辦公室裡整理開學典禮的照片。

這是星野老師交給我的雜務。起初還會訝異於學生的樣貌，現在已經習慣了。或許這就是自己逐漸染上學校色彩的證據。

「啊，人間老師，早安呀～！」

「早、早乙女老師！早安！」

天使來到辦公室了。打從第一天見面起，她就滋潤著我的心……今天的早乙女老師也是楚楚動人。

「人間老師，已經習慣我們學校了嗎～？我想想，快三星期了對吧～？」

「啊，謝謝大家照顧，目前還挺得住。」

我笨拙地咧嘴笑道。跟早乙女老師說話很開心，但自己仍有點不善於和美女閒聊。

「呵呵，那真是太好了！」

在早乙女老師自然的笑容溫暖我的心時，辦公室門又開了。

「咦，人間老師今天這麼早啊～早安。」

「星野老師早。」

星野老師駝著背搖搖擺擺地來到鄰座。他先前大概在數學準備室泡咖啡，身上有股淡淡的咖啡香。

「人間老師，你也來一陣子了，怎麼樣？習慣了嗎？」
「啊！這我剛剛才問過喔～！人間老師說還挺得住之類的！」
「喔？真是好消息。」
「是的。謝謝星野老師、早乙女老師。」
「嗯嗯，沒有遇到困難就好。」
星野老師笑咪咪地點點頭，在放滿資料的自己桌上開始辦公。
……雖然不是什麼大不了的事，可是星野老師桌上的東西好像一天比一天多呢。
我都是真心道謝，實際上他們跟我說說話也是很好的調劑。用這樣的閒聊和他人交流也很重要吧。
閒聊，閒聊啊……我不太擅長這種事耶……
好，找機會跟班上學生閒聊看看吧。

＊＊＊

「那個，我問一下喔，學生宿舍是什麼感覺？」
上午最後的第四節課，我所負責的歷史課一結束，自己就找個話題試著跟眼前的右左美閒聊。
「問得太模糊了，不曉得你想問什麼。」
直接開嗆……！
「啊，抱歉。那個，聽說學生宿舍是一人一間房，浴室跟餐廳之類的共用，想知道這樣有什麼不方便嗎？」

「不要隨便窺探別人的隱私啦。」
右左美以冰冷的視線說完就快步走開——大概是我找錯對象了吧。
「咦?老師，您今天在教室吃中餐嗎?既然這樣，不如跟我一起吃吧?」
當我暗自感到受傷難過時，水月大方地向我搭話。
是想安慰我嗎……
「嗯，謝謝喔，水月。那個，其實我沒有這個打算，不過既然有這個機會今天就在這裡吃飯吧。我先回辦公室拿午餐喔。」
「鏡花!妳是想媚諂老師嗎!太奸詐了!」
一聽到我的回答，剛才態度冷淡的右左美就氣噗噗地打斷我們。她以為水月想偷賺印象分數嗎?
「哎呀!那右左美同學，妳也要一起嗎?」
「要!」
「怎樣怎樣~?在搶老師啊?」
羽根田看到這邊在吵鬧而笑嘻嘻地過來湊熱鬧。
「帷，妳說對了，就是在搶老師。」
「真的在搶嗎!」
我忍不住覆誦了。原來真的在搶我啊……
雖然只是學生，女孩子爭奪我這種事還真是意想不到……但我也知道這在立場上難以避免啦。其實感覺還不壞，好像成了戀愛喜劇的主角，真好啊……
「人間，偷笑得太噁心啦。不要誤會了，我是在搶分數不是搶你。」

我臉頰一鬆，右左美就狠狠地提出警告。

「我、我才沒誤會。」

「真的嗎？那就好。」

只是差點誤會喔……我沒有哭喔……

「既然這樣！今天班上同學一起享用午餐怎麼樣！」

水月雙掌在胸前一拍，如此提議。

「我是無所謂啦。」

「我也可以～」

「那就決定嘍——一咲同學！一咲同學也可以嗎？」

水月對坐在窗邊座位獨自打開便當的尾尾守說道。

尾尾守的耳朵與尾巴為之一跳，往我瞄過來，目光一對上又立刻撇開。經過一段像是在考慮的時間之後，她說：「啊，那個，我……若不嫌棄，我也要參加……」並低頭致意。

我得先回辦公室拿便當，於是請學生先開動就動身了。接著從辦公室冰箱拿出塑膠袋，將超商便當放進微波爐，並按下加熱鍵。

快要吃膩超商便當了呢……

話說學生是自己做便當嗎？啊，說不定舍監阿姨會替她們做。啊～我也好想吃別人做的飯～最好是女朋友做的飯……然後我根本沒有女朋友……

隨著便當加熱而飄出飯菜香味，我的孤寂也逐漸加重。

這是什麼狀況。簡直像在提醒我是孤家寡人……

面對艱難的現實時，超商便當也熱好了。我向辦公室其他老師簡單告辭便返回教室。
——就在這時。
「呀啊啊啊啊啊啊啊啊啊啊啊啊啊啊啊！」
有人尖叫。應該是水月的聲音。
是出了什麼事嗎？我急忙趕往教室。
「喂！怎麼了！沒事吧！」
我聲音似乎比想像中還要大，教室裡的學生全都抖了一下。
「吵死啦！鏡花她沒事！你叫那麼大聲才有事咧！」
右左美手叉腰瞪著我罵。
「啊，抱歉……」
「沒這回事！說起來也是我剛才大叫不好嘛！老師請別放在心上！謝謝老師這麼關心我……！」
尖叫的源頭水月也替我說話。她只是臉色發青，看起來沒有外傷，讓我稍微安心了。
「所以……剛才怎麼了？」
「沒、沒什麼大不了的。只是……舍監阿姨替我們做的便當好像出錯了……」
水月避不看便當，表情糾結地含糊其詞。
便當？是裡面有蟲嗎？於是我檢查水月面前的便當。
……沒什麼奇怪的，就是個普通的「便當」啊。感覺還跟我媽做的有點像。有飯有配菜有沙拉，都是常見菜色。
這個便當有哪裡值得她慘叫嗎？

「——鏡花很怕魚板啦。」

羽根田替一臉狐疑的我解答。

「嗚嗚……真是慚愧……」

水月滿懷歉意地抱著頭。

魚板……？

「……那個，因為我是人魚族，不是很敢吃海鮮。可是為了成為人類，已經努力適應到勉強敢看烤魚或生魚片了喔！只不過……就只有……就只有魚板，我實在覺得太殘忍，無論如何都不敢看……！」

這樣啊，原來是這麼回事。我再度查看水月的便當。

——這個嗎？

水月的便當盒裡放了些有可愛卡通圖案的魚板。

——水月鏡花。

人魚族，入學第三年。今年剛升上高級班。想成為人類的原因是「想要跳舞」。

「嗚嗚……怎麼辦……阿姨特地為我做的，留下來很對不起人家……」

水月不敢看魚板，努力移開視線。好，那就讓我來——

「啊，那鏡花同學，我跟妳換配菜怎麼樣？」

被搶先了……

尾尾守的提議讓水月笑開了臉。

「哇～！真的可以嗎！一咲同學是救世主！請收下我的感激！那我順便問一下，妳有什麼不敢吃的嗎？」

「沒有喔。那我把魚板吃掉嘍，啊嗯！」

尾尾守也許是想讓水月放心，於是用比較誇張的動作將魚板送進口中。然後大口咀嚼，再咕嚕一聲吞下肚。

「好了！鏡花同學，魚板已經不見嘍……！」

「謝謝妳，一咲同學！太厲害了！妳是我的英雄！」

誇個不停的水月，讓我覺得有點羨慕。

……如果吃魚板的是我，她也會這麼開心嗎？

「那麼鏡花同學，既然我吃了魚板——啊，這塊玉子燒給妳怎麼樣？」

「咦！這樣妳吃虧了吧！」

「不會啦。那就給妳嘍。」

原來尾尾守這樣內向低調的學生，也有樂於照顧同學的一面。

她們倆似乎很合得來。

既然問題解決了，我趁現在喝口茶吧……

尾尾守跟鏡花講好之後，用筷子從自己的便當盒夾出玉子燒，就這麼遞到水月面前——

「鏡花同學，來。啊～」

「咳噗！」

我不敢相信眼前發生的事，差點把茶噴出去。

「啊～」真的存在嗎！我二十九年生涯中一次都沒遇過這種事件啊！是那樣嗎！在女高中生（？）的世界很普通嗎！

「哎呀，謝謝妳！」

水月笑咪咪地一口吞下並直誇好吃，一臉幸福的樣子。

怎麼辦，有種待不下去的感覺……

「……老師，你也看得太認真了吧？」

盯著我看的羽根田賊笑著調侃我。

「哪、哪有！並沒有那種事！」

「真噁心。」

「妳、妳們是不是誤會我什麼啦！」

兩名學生不敢恭維地看著不禁慌張的我。

水月和尾尾守則依然開心地吃著飯。

＊＊＊

第五節我沒課，第六節是中級班的課，於是離開教室作準備。

「——啊，老師，之後很閒嗎？」

羽根田從教室探出頭來詢問。

「不閒啊，做什麼？」

對我總是一副玩鬧態度的羽根田主動找上門來。

總覺得不會有好事，該不會是在打什麼歪腦筋吧。

「那個啊，我們下一節是體育課，要不要來見習一下？」

「見習？」

「對呀對呀，我覺得體育課是最容易看出我們強弱項的課喔。」

「這樣喔？」

在日常評分上，了解學生體能與人類有多少差距也很重要。為此見習一下體育課或許是個好主意。

——譬如說，初級班學生可能還不習慣新身體，會不小心用四條腿走路。

當然，這是有違常人的行為，需要扣分。

「妳們的體育課是哪位老師上的？」

「體育課是須藤老師。話說，我已經跟須藤老師知會過了。」

「呃，妳動作也太快了吧……」

還沒得到我的同意，就已經跟該堂老師講好了。

「還好啦，行動力是很重要的嘛。」

她說得很輕鬆，然而能將念頭迅速付諸行動的人類究竟有多少呢？

從這一點可以看出羽根田真的是高級班的學生。

行動力啊……是個跟我正好相反的字眼呢……

「那麼……妳都講好了，我就去見習吧……？」

「喔，讚啦～謝謝啦——喂～！等一下體育課，人間老師要來見習喔～！」

羽根田跟教室裡的其他學生報告。

隨後水月從教室猛然探頭出來，雙眼閃閃發光。

「老師！您要來體育課見習嗎！真是太棒了！今天是舞蹈喔！大家都跳得很棒，請您務必來看！」

啊，今天體育課是舞蹈啊。對了，水月就是想跳舞嘛——所以今天這堂課對她來說是心想事成吧。

「啊嗚……老師要來見習啊，有點緊張耶……」

「不用緊張啦，當擺設就好。反正人間本來就是擺設。」

右左美……雖然很愛嗆我，關心尾尾守這點倒是不錯。

「右左美同學……」

「不要哭哭啼啼的啦，很煩耶。」

看來不只對我，而是全方位的嗆。

＊＊＊

——體育課。

這所學校的體育課不是加強學生體能，藉體能高低來評分的課程，主要是為了讓學生學習人類特有的細緻動作。舞蹈也是其中一環，目的是學習人類纖細又柔和的動作。

體育館和教室與辦公室所在的校舍由聯絡走廊連接。

相較於學生人數，空間相當寬廣，有兩個籃球場那麼大。我推開喀啦喀啦響的門進去，淡淡的灰塵味令人頗為懷念。

體育老師須藤已經在裡面了，穿著運動服的學生則蹲坐在地上。

須藤老師是個身材超群的高挑女性，曾經參加過全國級游泳賽。長長的黑髮今天在後面盤成一團。

「大家好！那麼！體育課開始嘍！」

須藤老師宏亮的聲音響徹體育館，然後與門邊的我對上眼。

「啊，人間老師。今天請多指教。」

「不好意思，這麼突然。也請妳多多指教。」

見到須藤老師範本級的鞠躬，我也連忙笨拙地低下頭。

有溝通障礙的我，在這種時候很容易不知道該怎麼應對。說句很有偏見的話，該說體育老師現充感很濃嗎？腳踏實地努力至今的感覺很耀眼，好像顯得我的晦暗更濃了。

「人間老師，有什麼事都不用客氣，儘管說喔。」

須藤老師不懂我暗自在自卑什麼，輕柔地對我這麼說道就轉向學生。

「——好，今天接上一次的舞蹈課。那先來展示上次的成果吧。照座號順序，從右左美開始。」

「好的。」

右左美被須藤老師點到而出列。

其他學生退到牆邊蹲坐下來。既然要見習，我決定靠近一點看。

右左美就定位之後，須藤老師用身旁的手提音響播放像是指定曲的可愛流行樂，電子音相當輕快。

——好可愛。

右左美靈巧地又蹦又跳，輕如羽毛又四平八穩地舞動。說不定有點像芭蕾。

這麼難的事她也一派淡然，不當一回事般輕易完成。

時不時就做一些可愛動作是她的興趣嗎？但她始終板著一張臉，完全不笑就是了。說起來是很有右左美的風格沒錯啦。

很像偶像演唱會呢。雖然我沒去過。至少跟社群網站上偶爾會看到的女生影片滿像的。她很了解自己的魅力嘛。舞步算是可愛型，也成功地讓人覺得她很可愛。

當音樂結束，右左美也擺出姿勢定住。

跳得實在很——

「右左美同學！妳跳得好棒喔～～～～～～！」

「唔喔！」

體育館響起熱烈掌聲，來自興奮異常的水月。而且是起立鼓掌。

「太大聲啦！」

「右左美同學！妳跳得好可愛，細節也做得超棒耶！光看就覺得好幸福喔！中間的跳步是從之前的舞步再加上去的嗎？啊……右左美同學的韻律感讓我學到好多喔……等一下一定要教我訣竅喔！」

「太近啦！吵死啦！趕快坐下來啦！」

水月以快要撞上右左美的氣勢迎上前去，右左美立刻開罵。

「哎呀，對不起。我也真是的。」水月道了歉就回到原本坐著的地方。

「——好，跳得很好，很有右左美的感覺。」

兩人對話中，須藤老師在手上的評量表打完分數後抬起頭。

「有哪裡要改善的嗎？」

剛跳完就要請老師給建議啊……右左美的上進心真了不起，令我由衷欽佩。

「這個嘛……妳的主題是『夢遊仙境』沒錯吧。舞步的確很符合主題，大致上沒什麼好說的，硬要說的話就是缺乏笑容吧。要用刻意抹消表情的表演方式也可以，可是妳上一堂課不是說要營造『愉快的感覺』嗎？既然這樣，那就只缺笑容了。不好意思，每次都講一樣的事。」

「……知道了。」

右左美有點不服氣的樣子。這麼說來，我也沒見過右左美的笑容。連渴望加分的右左美都在這一點遭遇困難，可見她真的很不愛笑。她的耳朵整個垂了下來，也像是在證實這點。

「好，再來換尾尾守。」

「好、好的！」

尾尾守和先前的右左美不同，搖搖晃晃地踩著自信缺缺的腳步就定位。她可能很不擅長這種在人前表演的事。

音響放出另一首樂曲。在原聲樂器組成的帥氣曲子中，尾尾守的表演開始了。

……好像……滿性感的耶。

沒想到尾尾守的動作會這麼流順又有力。多半是活用了她的體力和肌力之類的吧。真教人意外。

在音樂結束的同時，水月又熱烈地拍起手來，真的非常高興的樣子。可是為什麼不時一愣一愣地瞄著旁邊？

——喔，因為右左美在瞪她啊。羽根田則看戲似的觀察著她們。

「再來換下一個，羽根田。」

「好～」

羽根田帶著慵懶的答覆出列，游刃有餘地就定位，輕快的樂團歌曲隨之在體育館響起。

——好仔細喔。

羽根田平常大多是瞧不起人的態度，但這讓我體會到她是相當優秀的學生。她連跳舞也沒有失誤。我至今出的小考，她也是全部滿分。從這段舞蹈感覺得出來，她是能做的事就會做到最好的類型。沒錯，她很從容。因為有這份從容，才能夠在完美達成每個動作之餘，還能兼顧表情演繹情緒吧。

……今年最有希望畢業的學生果然不一樣呢。

最後一個音「鏘！」一下結束，羽根田帶著燦爛笑容完成舞蹈。水月奮力拍手，尾尾守也受到感染低調地小力拍手。右左美咬牙切齒，很不甘心地注視羽根田。

「嗯，羽根田就沒什麼好說的了。」

「謝啦～」

剛才的帥氣都不知上哪去了。羽根田吊兒郎當地應聲後回到學生隊伍裡。

「羽根田同學！妳跳得超棒！從指尖到腳尖都那麼乾淨俐落，真的有夠有夠帥氣～～～～～～！」

儘管遭到右左美瞪視，水月最後還是按捺不住，興奮地對羽根田暢抒感懷。

「啊哈哈，謝謝喔～」

「鏡花！下一個換妳了，趕快跳給老師看啦。」

「好！知道了！」

水月在右左美的催促下出列，一副十分雀躍的樣子。渾身散發真心喜愛跳舞的氣息。

「水月，準備好了嗎？」

「準備好了！」

好有精神啊～對我這種人來說非常耀眼。

音樂流淌而出。這是爵士樂嗎？在輕快的原聲演奏中，水月開始舞動。

……我懂了。

呃，我懂了。說得委婉一點，就是非常有個性。我在開學典禮看到的索朗民謠說不定是最像樣的。她的舞蹈就算說客套話也算不上好。跟節奏對不太上，動作頗為生硬，腳步也不太穩的樣子，很怕她會跌倒。

可是她卻跳得比誰都開心。

舞步設計亂七八糟，只是把想做的動作全串在一起，變得消化不良。還發生筋斗翻得太差而失敗的小意外，但臉上卻是這一刻是她最幸福的時光的表情。

水月的舞蹈，可說是一場會讓人覺得跳舞很快樂的演出。

「感謝大家看到最後！」

音樂結束，水月喘著氣鞠躬致謝。羽根田和尾尾守拍起手來，我也忍不住鼓掌。

「謝謝水月同學，老師也看得很高興喔。嗯，如果再重視一點韻律感，一定會進步很多喔！」

「謝謝老師的建議！好，我一定會多加注意！」

聽了須藤老師的講評，水月以光芒四射的笑容道謝。

右左美一臉無趣地看著這一切。

＊＊＊

體育課尾聲，我傻傻地看著學生們練習。

「……嗯？」

「須藤老師，怎麼了～？」

「啊，羽根田。沒什麼，只是音響好像有點問題……」

聽到值得關切的事，我也去看看狀況。須藤老師旁的手提音響好像時不時會破音。

「哎呀呀～撐得住嗎？」

「嗯……先去拿個預備的好了……」

「啊，那我去拿。」

旁聽的我舉手代勞。遇到這種需要跑腿的狀況，只是來見習的我再適合也不過。

「謝謝喔，人間老師。可是音響要去體育用具室拿，知道在哪裡嗎？」

唔……

不知道。剛舉起的手瞬間軟掉。

「啊啊，沒關係啦，人間老師。不必放在心上，你才剛來沒多久嘛！我馬上就回來，這段時間能請你顧一下學生嗎？」

反而害她費心了……

「啊，好。」

「謝謝，那我馬上回來喔。」

須藤老師留下這句話就離開體育館去拿音響了。

「東西會壞掉呢……」

羽根田手捧故障的音響，感嘆地說著理所當然的話。

「是啊，零件愈用愈會損耗之類的嘛。」

這音響看起來是前幾年的機型，因為老化了才會破音吧。

「就是說這個音響的壽命快到了呢～」

「大概吧。音響類的東西，像耳機，快一點的用一年就要換呢。」

「哼～」

……這麼說來羽根田喜歡音樂嘛，不曉得平常都是怎麼聽音樂。不太用音響聽嗎？

既然有這機會，就跟羽根田聊聊音樂吧。

「羽根——」

「煩耶妳！跳那麼爛還在那邊吵！」

突然響起的怒罵使體育館頓時鴉雀無聲。

我環顧體育館，尋找聲音來源。

聲音的來源是右左美，她的視線另一端是水月。

水月被罵得瞪大雙眼，經過一次呼吸後柔和地優美微笑。

「——對不起，右左美同學。我好像太吵了呢。」

「我就是受不了妳那個笑臉啦！很奇怪。說愛跳舞還跳那麼爛，根本就沒有舞蹈細胞。這樣就算變成人類也跳不好啦。」

「等等，右左美，妳說得太過分了。」

顯然踰越批評範圍的言詞使我趕緊制止。

「這是事實！你能一輩子保護她嗎？如果光有愛就能克服問題，誰都不用辛苦啦！」

「右左美。」

我再度制止右左美。

「哎呀，老師請別在意。她說的我也同意。」

聽聞那些攻擊她夢想的話，水月仍不改其笑容。

「我的舞跳得比別人都差的事，我比誰都清楚喔。」

水月仍以平時的笑容甜甜一笑。

儘管說出哀傷的話，她的微笑和語調依然沒有一絲逞強。

「——可是，我相信自己比誰都更熱愛舞蹈。我是賭上自己的一生才來到這所學校的，也抱持著應該有的決心。我一定會只憑『愛』就克服問題給妳看。愛這種情緒，本身就是一種武器。我不只這樣相信，還是抱著這樣的決心來到這裡的喔。」

——這就是真的認為什麼都做得到的人所說的話。

假如真的做得到，那麼克服不了問題的人，會不會是某種心意或所謂的決心還不夠呢？

我——當時的我，是欠缺了那些嗎？

「我就是不喜歡妳這種態度啦！不想為辦不到的事悔恨就該適時放棄。別像個笨蛋在那裡逞強。」

「這個嘛……我沒什麼悔恨，比較想多認識一點舞蹈呢。」

「那只是漂亮話，自我感覺良好啦。說這種話根本是瞧不起我們。」

「並不是這樣！」

水月忽然一改從容的態度，緊緊抓住右左美的手大聲反駁。

「我怎麼會瞧不起妳呢！右左美同學真的很棒！跳舞的時候那些把自身魅力散發到極限的演出，都深深感動了我！而且平常也是完美主義者，對自己很嚴格又很有上進心，這些都讓我非常非常尊敬！可以和妳一起鑽研怎麼成為人類是我的光榮，我也從妳身上學習到很多！右左美同學真的非常出色！」

「吵、吵吵吵吵死啦！」

水月認真至極地當右左美的面一陣猛誇，嚇得她連耳朵都紅了。

「——沒錯，我就是有時會變得有點吵呢。」

水月說完又吃吃笑了起來。

原本火藥味濃厚的氛圍也因而緩和。

距離下課還有十分鐘。

須藤老師回到體育館，集合學生發表下課前的舞蹈課題。

＊＊＊

結束體育課見習後，我再度向須藤老師道謝，接著回到辦公室為下一堂課作準備。

透過見習，我意外發現運動神經居然是尾尾守最好，其次是羽根田、右左美、水月。然後水月和右左美恐怕頗為不合……

我悶著頭邊想邊離開辦公室，前往第六節的中級班。

右左美說了那麼難聽的話，不知道水月她還好嗎……

「——啊，水月。」

「是，老師好！」

我在走廊上遇到她本人，所以不禁叫住她。

她已經換下運動服，穿回原本那件以黑色為主的洋裝。

該怎麼說呢……安慰得太明顯，反而會害她多操心……

「呃，那個，妳跳得不錯喔。」

太空泛了吧～～我只說得出這種話嗎……

「哇啊！我好高興喔！謝謝老師！」

面對我既不有趣也不具體的感想，水月也笑容可掬地回應。

對喔，我只見過水月正面的表情。

「……妳真厲害。」

「咦？」

啊，糟糕。不小心說出口了。

我趕緊接下去解釋。

「呃，像剛才啊，妳不是被右左美數落得很難聽嗎？可是妳卻能用那種方式帶過，讓我很佩服。」

嘴裡吐不出象牙啊～！

話說回來，是不是應該讓這件事就這麼過去比較好？我好像又說了多餘的話！想幫她說話卻把傷口撕開了之類的！這樣是搞砸了嗎……

水月看我想得頭暈目眩，柔柔一笑說：

「……老師您人真好呢。」

是開心的語調。

「不管人家怎麼說，我無論何時都只想做我喜歡的自己。我的自尊就是為此而生的喔！」

她把手按在胸前，洋洋得意地說道：

「而且老師，有一句我很喜歡的話是這樣說的——『Tomorrow is another day』！」

——這句話好像在哪裡聽過。

很久以前，我還在唸大學時讀過的書，記得是叫做——

「是『明天又是全新的一天』嗎？《亂世佳人》裡的話？」

水月兩手一拍，燦爛的笑靨大放光芒。

「一點都沒錯！這是我在剛來這裡的時候上課學到的！說來慚愧，我當時什麼都做不好，過得很焦慮。焦慮讓我一點餘裕也沒有，沒辦法做我喜歡的自己。」

她像是在懷想當年，目光投向遠方。

「那時我很討厭自己。」

水月也有那種時期啊。

——跟我一樣。

「真的好焦慮呢。」

眼前的少女落寞地笑著。

「我生在一個限制很多的家庭，未來的方向也全部決定了……所以，一開始想來這所學校也得不到父母的認同。」

「因為妳是……那個……富家千金之類的嗎？歷史悠久的家族什麼的？」

我的蠢問題讓水月愣了一下，然後呵呵微笑。

「——老師知道波賽頓這位大海的管理者嗎？」

「啊？喔，有聽過。電動之類的會看到。記得是神話裡的神明，拿著一把……三叉戟，還打赤膊的嚴肅阿伯嘛。」

「呵呵！這位打赤膊的嚴肅阿伯是我們家的祖先喔。」

「這這這這也太大咖了吧！」

原來真的存在嗎！也就是說，水月是神明的後裔……？

「波賽頓這位老祖宗過世以後，就把大海交給子孫管理了，後來的子孫代代都是大海的管理者。管理者有時會行使管理者權限，藉由改變洋流來調整世界的氣溫或氣候，也能影響海中的生命喔。」

——真是太誇張了。

既然這樣，可以說是幾乎掌握著世界的實權了吧。

「而原本我也要接管這片廣大的海洋呢！我是波賽頓的直系子孫，又是獨生女，有第一順位的繼承權——由於這樣的身分，想進入這所學校成為人類這件事，遭到父母強烈反對。」

我想也是……

本來就覺得水月很有大小姐的感覺，結果還不是一般大小姐。家世也不只是名門望族而已，簡直是能掌控絕大部分世界的王室。原本不是我能夠這樣近距離交談的對象吧。

——然而水月卻來到這所學校，站在我的眼前。

「可是，我真的很想成為人類……！那天人類在船上跳舞的景象，不管過了多久都不曾褪色！雖然只有那一次，卻已足以改變我的生活方式了。」

水月望著遠方。

思緒已經飛到那段舞蹈之中了吧。然後她慢慢閉上雙眼又睜開來直視我。

「——我從此深深愛上了舞蹈。」

那是毫無猶疑，真摯無比的眼神。

「那個人類用輕快的舞步迷住了周圍每一個人，也迷倒了身為人魚的我！沒錯，煩悶困乏的每一天就在那一刻染上色彩……！就在那個瞬間，我找到了自己的人生目標！說來就像一場暴風雨也不為過！啊啊！我也好想讓大家都看一看喔！看看那段彷彿生命結晶的舞……！」

——這才是真正的她吧。

不是平常那種輕飄飄的感覺，現在——比較接近「狂熱」一詞。

「正如先前所說，我已經做好了無法成為人類就要付出生命的決心。」

「這……」

我雖然想抗議，卻說不出適合這場合的話。水月的決心是極其純粹——但也因此危險得像是高純度的劇毒。

「——或者說，規定就是這樣。」

「規定？」

「對。我的父母非常反對我成為人類，一個原因是自古以來就有規定，想成為人類的人魚必須在一定期限內達成目標，不然就會成為海上的泡沫。為了保護其他人魚子民，保護人魚的家園，保護我們這個種族，這是一個非常重要的規定喔。」

「不會吧……」

水月若無其事地吐出實情。

難道——

那是任誰都聽過的童話故事。

「……期限有多長？」

水月像是預料到我會那麼問，在我嘴前豎起食指。

「——不能說，這是規定。」

表情穩重的水月說完傲然一笑，翩然轉身退開。

「老師，請您不要擔心！我一定會成為人類！再說就算結果有個萬一，這也是我自己心甘情願的。

我想要永遠做我喜歡的自己！」

水月說完還可愛地眨眨眼睛。

我的憂慮和不安，她一定都懂——明知如此，仍舊笑著接受一切。

「『Tomorrow is another day』！明天又是全新的我！所以今天我要全力去過！不只是人類的舞蹈，我還要利用在學的這段期間去喜歡、去愛更多人類創造的東西！所以——老師，您要坐在特等席看著我喔！絕對要喔！我一定會擺脫尾鰭，用兩條腿和人類站在同一個世界！」

這高亢的宣言，是來自她非比尋常的決心吧。她確實是堵上性命而「站」在這個地方。

「……妳真堅強。」

「已經是傲然挺立了呢！」

「哼哼～」水月擺出得意的表情。那副傻樣和剛才的反差太好笑，讓我嘴角不禁翹了起來。

——就算沒有我或其他同學，她一定也能獨自走下去吧。

與沒人扶持就什麼也做不好的我差太多了。

無論現在如何，說不定她明年就不在這所學校了——我不禁有這種感覺。

「在妳成為舞者站上舞台以後，我等妳寄邀請函過來喔。」

「那是當然！」

我很想跟水月多聊一點，可是第六節課的鐘聲響了。

「哇哇！老師抱歉，我該走了。很高興能跟您說這些！」

「好！不好意思，耽誤妳這麼久。要是這堂課的老師問話，就說是我把妳留下來了。」

事實上也是如此。

「感謝老師費心！那麼，如果這堂課的老師問話了，我會毫不客氣地把老師的名字搬出來的！」

水月說完一吐舌頭，露出調皮的模樣。

什麼嘛，她也有這種表情啊。

我也該去上課了。

「Tomorrow is another day（明天又是全新的一天）」啊。

再久違地重看一次《亂世佳人》吧。

非人學生與厭世教師

人間老師，可以教我們何謂人類嗎……？

厭世教師與一座孤城

MISANTHROPIC TEACHER IN DEMI·HUMAN CLASSROOM.

這個月的滿月時分又將到來。

我不再是我的日子。

一切的一切，都是「我」的錯。

最討厭的我的錯。

＊＊＊

啊～五月也快結束啦……

下課鐘聲響起，我看著教室的月曆興嘆。

唉……今天第一節是初級班，一早就快沒力了……

初級班還有很多不習慣半人身體，控制不了本能的學生。因此課堂上也很容易吵鬧脫序。

這樣的學生，即是「在校行為有違常人」的扣分對象。

剛開始還覺得，在初級班經常扣分是自己管不住學生，經常為此頭痛——可是早乙女老師和星野老師說：「初級班就像是幼稚園或小學低年級，管不動而經常扣分也不需要太在意。」

多虧於此，現在就算學生再吵，我也能儘量將他們拉回正軌，減少扣分的機會。累還是會累，不過這也是一種成長吧。

第二節是高級班啊……接在初級班之後讓人放心很多。她們都能乖乖聽課，舉止也穩重得多——

「呀哈哈！Papaya聽起來啊，感～覺好色對不對～？笑死我啦～！」

對對對，才不會拿這種低俗的事當話題——

「我今天的便當裡呀，就有放這個喔！Pa、pa、ya♥呀哈哈！咦～！我弄得很好吃啦～！真的沒錯是真的喔！」

……是從高級班傳來的呢。

不不不，哪會有這種事。

右左美對聲音有潔癖，尾尾守也不會那麼大聲，再說她早上班會根本沒來。遣詞用字明顯與水月不同，感覺最接近羽根田……可是她並不會這麼亢奮。

——這麼說來，是別班學生過來玩嗎？

好奇的我在返回辦公室前先走到高級班，拉開門。

裡頭有個褐色長髮蓬鬆，穿著誇張的陌生女學生。她坐在課桌上與水月和羽根田說笑。

是個辣妹呢……

「——啊，老師～！」

那位學生一看我進教室就指著我笑了起來。

「呀哈哈！這樣直接看老師，感覺更累的樣子耶！誇張！頭髮是睡亂的嗎？還是亂抓也有型？男人的髮型啊，是有流行過睡亂風一下下啦，現在還有喔？對了，老師怎麼不換件好看一點的西裝啊～！啊，不過領帶很可愛喔！話說平常有睡好嗎～？啊，仔細一看你膚況怎麼這麼糟！都乾巴巴的！根本沙漠嘛～！真的很不行耶～！老師快三十了吧？已經不年輕了耶，要保養皮膚才行喲！」

太快了太快了，她講話的節奏也太快。好像損了我不少，可是一句都沒有進到腦袋裡。

「話說，老師是用哪一牌的化妝水？啊，你知道什麼是化妝水嗎？」

「咦？知、知道啊……算是啦……？」

化妝水我好歹有每天早上刮完鬍子拍個兩下。因為我皮膚不好，用電動刮鬍刀都會起疹子……呃，不對不對，現在說這些幹什麼。眼前這個跟我裝熟的辣妹到底是誰啊！

「算是～？呀哈哈！感覺很隨便耶～！喂～要是沒在挑效果啊！就讓一咲幫你介紹吧！今天早上試用了一下，化妝就變得超順的那種超強超推化妝水喔～！只有玻尿酸最棒了！我看看，記得有放到包包裡要拿過來傳教……」

表情變來變去，聲音嘹亮的辣妹將手伸進化妝包裡翻找起來。

呃，一咲？一咲是……

「……一咲？」

「咦？老師直接叫一咲的名字喔？感情太好了吧！笑死～！」

我只是覆誦自己聽到的字詞，並沒有跟任何學生親密到直稱名字。言歸正傳——

「妳是尾尾守嗎？」

與平常文靜低調的樣子差太多了。

「啊？我剛才不是就說了嗎——啊，你該不會是第一次看到這個樣子，所以沒注意到吧？呀哈哈！我懂～！我懂你的不懂～！咦，所以說校長他們都沒人告訴你嗎？啊～不過啊，一咲只是穿成自己喜歡的樣子，這對毛茸茸的大耳朵之類的都沒變吧？說真的，我很想讓平常一～直都在看一咲的老師發現我是一咲喵～？啊，不能用喵，用嗷嗚比較像一咲～？」

眼前的辣妹面露賊笑盯著我看，露骨地強調她的可愛。好像有種在玩弄我的感覺……

不過說實在，她的大耳朵和尾巴的確都跟尾尾守一樣，衣服也是平常那件，只是穿法完全不同。

平常的尾尾守是個標準的模範生，外套包緊緊，襯衫鈕釦也都扣到頂。裙子及膝，頭髮紮成辮子，還有戴眼鏡——至於眼前這個「一咲」則是外套鈕釦全開，襯衫鈕釦也開到胸口的危險位置。裙子短到好像隨時會走光，頭髮放下來變成輕盈的大波浪，而且沒戴眼鏡。

「——老師～你就這麼關心一咲嗎～？」

糟糕，不小心盯太久了。

「啊，沒有啦，只是覺得妳變好多……」

我不禁別開視線，然而辣妹的臉龐卻帶著滿意笑容靠了過來。

「欸嘿嘿～！很可愛對不對！『平常的「小一咲」』很低調，所以你可能沒發現，其實她身材很好又很可愛呢～！」

完全變了個人的尾尾守笑呵呵地用寫真集姿勢展現她的身材。

不好吧，那個，妳的乳溝……這……教我眼睛往哪裡擺。

「啊，呃……我知道了，知道啦，尾尾守。」

我又把視線從面前的辣妹身上移開。

「嗯～？老師害羞了～！呀哈哈！太好玩了吧～！」

尾尾守指著我開心地哈哈大笑。

唔……竟敢玩弄我的純情……！

「也是啦～一咲這麼可愛，害羞也是難免啦～嗯嗯！老師也是男生嘛！」

辣妹拍拍我的肩膀說道。其實我還真的有那麼一點——點竊喜，真不甘心……視覺上的刺激嘛，就是這麼回事。

我想，這種「還不壞」的感覺大概和親戚家小朋友天真地過來撒嬌的感覺很接近……

——話說回來，有件事我一直很想問清楚。

「尾尾守。」

「嗯？什麼事～？」

「妳怎麼會突然……那個，轉變性格？發生什麼事了？」

還是說這才是她的真面目嗎？

過去都是在裝乖……之類的？

這問題使尾尾守愣了一下，接著臉上堆起大大的賊笑。

「咦～～該怎麼辦呢～～？要說出來嗎～～？還是保密比較好呢～～？」

「這樣啊。太麻煩了，算了吧。」

「啊——————！等一下啦，老師！對不起啦！因為我以為校長或其他老師早就跟你說過了嘛！」

我被玩累了而想就這麼算了時，尾尾守急忙挽留人。

「——話說這樣好像男女朋友吵架喔，有點好玩耶。呀哈哈！」

跟這個尾尾守講話實在是很害羞耶……

「跟你說，一咲一開始不就跟你講過她是狼人嗎？也就是說，只有在滿月的時候會變成現在老師看到的『一咲』啦。就是像雙重人格那樣！然後今天！是滿月！所以一咲就用『一咲』的樣子，久違地到學校來啦～！就是這樣！」

──雙重人格。

「那麼，現在的尾尾守跟平常的尾尾守是不同人嗎？」

「就是這樣！啊，可是平常的『小一咲』看到跟聽到的東西，滿月的『一咲』也都會知道；反過來，現在『一咲』的所見所聞，平常的『小一咲』也都會共享，所以……老師你不可以亂來喔？」

「妳把我當成什麼了……」

「呀哈哈！老師有夠沒膽耶～！」

「話說，妳現在做得這麼過火，惹平常的尾尾守生氣我可不管喔。」

「咦～！因為逗老師很好玩嘛！不過到了明天，我就會變回平常的『尾尾守一咲』了──所以你大可放心，不用怕喔。」

尾尾守說完微微一笑，她的說法簡直就像希望自己消失一樣。

──尾尾守一咲。

狼人，在校六年，去年就在高級班。想成為人類的原因是「不想再當狼人這種不上不下的東西」。

通知第二節課開始的鐘聲響起。

這節是高級班的世界史。

＊＊＊

「欸！人間老師！這兩個哪一個比較可愛？」

我上的第二節課下課以後，尾尾守蹦到我面前來，手上拿著兩個顏色相近的化妝品。

「……哪裡不一樣？」

「啊？完全不一樣吧！這條是珊瑚紅，顏色是柔和的淡紅對不對？然後這一條是粉櫻色，淡淡的粉紅色！你看，珊瑚紅的稍微紅一點吧！」

「咦咦……？」

兩條在我眼裡都是明太子色。

可是老實這樣說，八成會惹她生氣。

見我優柔寡斷，尾尾守嘟起了嘴。

「吼～！難得我今天給老師挑喜歡的口紅顏色耶！話說老師啊，我是覺得你像個阿宅喜歡清純學生妹才挑這兩條啦，你該不會是喜歡顏色明顯的吧？那喜歡的類型呢？啊，你好像是蘿莉控嘛？第一天自我介紹有說過吧？」

「慢著慢著慢著。」

太快了太快了。妳講話的節奏太快啦。

「首先，我不記得說過自己是蘿莉控，同時也不是蘿莉控！」

「不會吧！」

還懷疑啊。即使會共享記憶，這也未免太片段了。自我介紹上的這一段只是一下下而已吧。

「那麼，你喜歡的類型呢？」

「…………咦？」

還以為躲掉不想回答的問題了，結果還是被她抓回來……總覺得她的笑容像在逼供。

「……不回答不行嗎？」

「咦～～～～～？嗯！一咲每個月只能跟老師說話一天而已，拜託你多告訴我一點嘛～？」

唔……這樣說好像有點奸詐……

尾尾守也是女孩子，果然喜歡這類話題嗎……

——沒辦法。

「我喜歡的是……那個……就……輕飄飄，活潑開朗……」

「嗯嗯！」

「下垂眼、適合穿裙子、頭髮很長、睫毛也很長、有點嬌小……」

「嗯嗯！」

「皮膚白皙、聲音柔柔的、音調高得很可愛、理科路線、會拿餅乾給我吃……」

「嗯嗯……嗯……？咦？會不會太具體一點？」

本來就在旁邊聽的水月跟敏感的尾尾守一起起鬨。

「該不會老師有心上人或是跟誰感情不錯了吧……！」

「咦～？真假～？好想知道喔～」

羽根田也像嗅到有趣話題似的湊過來。只有右左美不敢領教地獨自看著課本。

「沒、沒有啦！不是妳們想的那樣！」

「不用在那邊裝啦！天啊！焦急到笑死人了～！咦？真的？真的？」

「老實招認會比較輕鬆喔～？」

「就是說啊！我也覺得愛是一件很美好的事！」

為何一直擠過來啊！女高中生對感情八卦的咬餌速度，簡直跟食人魚一樣！有點恐怖……！

「——不過呢～至少知道老師真的喜歡清純型了。今天我就來化個清純辣妹妝吧～」

清純辣妹？辣妹也有分種類嗎……

「啊，老師，既然今天是『一咲』，中午就一起吃吧！拿便當來教室集合喔～！知道了嗎？」

我沒得選擇啊。話雖如此，我也沒有理由反對，便隨便應付了。

「一咲」說得沒錯，這機會不常有，我想多認識這一位尾尾守。

畢竟平常的「尾尾守一咲」似乎與其他學生有點距離，讓我在意一段時間了。

她不想再這樣不上不下的願望，也很令人惦記。

不想再不上不下，是指只想要一個人格嗎？也就是要讓其中之一消失？抑或是設法同化？兩個尾尾守都同意了嗎？

那是要等尾尾守成為人類以後才做得到的事嗎？

＊＊＊

「老師！有帶便當過來嗎？」

「呃……有啦。」

午休我依約在教室吃飯。按照慣例，我們不是獨處而是全班一起吃。

我今天的主餐是麵包，或者說只有麵包。

因為我家有一大堆老媽為了趕某個春季活動而慌忙買的麵包。

「這是怎樣？誇張耶！根本只有碳水化合物嘛！話說老師，也要多吃一點蔬菜才行喔！好吧，一咲的分你一點！來！生菜沙拉！啊，對了，我餵你吃吧。這樣你會更想吃吧？來，嘴巴張開？」

「咦！噗哇！妳──唔嘎嘎……！」

「來～多吃一點喔～！好乖好乖喔～！呀哈哈！」

笑什麼笑啊！我的嘴巴可是被妳塞滿了生菜……是那樣啊，我被當成玩具還是什麼了嗎！妳看！水月都一副不曉得該不該看的樣子，眼睛瞄來瞄去了啦！羽根田還是一樣在看戲，右左美則是完全無視！反而很厲害啊！

我很想抗議，可是被塞滿的嘴什麼也說不了，只好一股腦地大口嚼菜。

……這口感真是不可思議。啊，是那個嗎，她有放青木瓜。喔～所以才……

對了，早上她也說過青木瓜嘛。我一邊不停嚼啊嚼地，一邊暗自解答一點也不重要的事。

「嗯？怎樣？吃得滿臉問號。啊，因為青木瓜絲？對對對，現在這個在網路上爆紅，我就來做做看了～！那篇爆紅的文寫說木瓜的酵素可以分解碳水化合物，又富含維他命C跟多酚，有抗氧化效果，對美容很有幫助喔！這樣不試試看怎麼行！老師年紀也不小了，飲食方面真的要多注意一點才好喔～？」

被她深深戳到痛處了。老實說，我也覺得再繼續以前那套飲食習慣不是好事。

……不過呢，我就是不會想吃生菜呢，沒什麼味道。根本就是一團莫名其妙的草嘛。哎呀，拉麵無敵！拉麵無敵！我要靠拉麵攝取纖維！

想到這裡，我總算把青木瓜沙拉吞下去了。

「啊，吃完啦？」